... und sie fürchteten sich sehr

Eine gescheite Maus weiß mehr als ein Loch.

Titus Maccius Plautus (250 - 184 v. Chr.)

Es begab sich aber zu der Zeit, dass Anton Lattemann anfing, auf dem Dachboden seines Hauses seltsame Dinge zu machen. Dinge, die Berta nicht verstand und die Heinrich zu gefährlich waren.

Da machte sich auf Heinrich, der aus dem Geschlecht der Hausmäuse war, damit er ein neues Zuhause fände mit Berta, seiner ihm anvertrauten Frau.

Günter Beier
... und sie fürchteten sich sehr

Grüner August Verlag
Günter Beier, Salzgitter
www.gruener-august-verlag.de

1. Auflage

Illustrationen: Günter Beier
Titelhintergrund: annzakharchenko-fotolia.com

Umschlaggestaltung/Satz und Layout:
Ivomarie Bruhn
www.bruhndesign.de

Lektorat:
SprungChance, Dr. Stephanie Bergold,
www.lektorat.sprungchance.de

ISBN 978-3-9812329-4-3

Gedruckt in der EU

Günter Beier

... und sie fürchteten sich sehr

Ein Weihnachtsromänchen

gewidmet
meinen Enkelkindern

Tinúviel

Nico
Jule
Ronja
Tilion
Pauline
und
Hannah

INHALT

PROLOG

„Heinrich, guck mal, da."
„Wo?"
„Dort in der Ecke, das komische Ding.
Was mag das sein, Heinrich?"
„Keine Ahnung, Berta. Das ist neu hier.
Komm, wir gehen mal ein bisschen näher ran.
Hmm – ein Holzbrett mit allerhand Drahtzeug und in der Mitte ein Stück Schwarzwälder Schinken – lecker."
„Ich mach mir nichts aus Schwarzwälder Schinken, Heinrich. Ist mir zu stark geräuchert und kratzt im Hals. Ich hätte liebe Käse gehabt. Tilsiter.
Leicht angetrocknet. Der ist viel leckerer."
„Das scheint der Anton für uns hingestellt zu haben.
Finde ich echt anständig von ihm."
„Aber er hat nur an dich gedacht, Heinrich.
Und das finde ich weniger anständig."
„Vielleicht weiß er nicht, dass du keinen Schinken magst. Und übrigens gibt Käse Mundgeruch, Berta."
„Heinrich?"
„Ja, Berta?"
„Aber der Anton hätte doch den Schinken einfach nur auf einen Teller legen können und nicht in so ein komisches Ding."

„Stimmt, Berta. Aber Menschen machen immer alles so kompliziert und kommen nicht auf die einfachsten Sachen. Soll wohl eine Füttermaschine sein."
„Und was machen wir nun, Heinrich?"
„Was für eine Frage, Berta.
Wir holen uns den Schinken und putzen ihn weg."
„Ich weiß nicht, Heinrich."
„Berta, was weißt du nicht?"
„Ich weiß nicht – ich meine, du kannst dir den Schinken ja holen. Aber sei vorsichtig, dass du dir an dem komischen Gestell nicht wehtust."
„Ich werd's von dieser Seite aus versuchen.
Da kommt man am besten dran."
„Vorsicht, Heinrich – Vorsicht!"
„Ja doch, Berta."

„Heiiiinriiich!"

DIE SUCHE NACH EINEM NEUEN ZUHAUSE

Es sah ganz nach weißer Weihnacht aus.
Doch so richtig gefallen konnte der einsetzende Schneefall nur denen, die in der warmen Stube am Fenster saßen und nach draußen blickten, denn ein eisiger Nordwestwind trieb die Flocken vor sich her und ließ ihnen zum Tanzen keine Zeit.

Auch einem kleinen Mäusemann namens Heinrich gefiel das Wetter nicht, denn der hatte es sich in den Kopf gesetzt, noch vor dem Fest für sich und seine Frau ein neues Zuhause zu finden.

Mutig hatte er sich mit ihr in den frühen Morgenstunden des Heiligen Abends durch den Garten seines Hauswirts Anton Lattemann gekämpft und unter Lebensgefahr die schmuddlig nasse Dorfstraße überquert. Jetzt mussten sie noch die letzte Etappe bewältigen, dann hätten sie ihr Ziel erreicht: ein Haus, das Heinrich von Lattemanns Dachboden aus durch einen Spalt zwischen den Dachziegeln entdeckt hatte. Dort plante er, mit seiner Frau Berta ein neues Leben zu beginnen.

Immer wieder blieben die Mäuse stehen. Heinrich machte Männchen, schaute sich nach allen Seiten um und blickte sogar nach oben, obwohl dort alles grau in grau war. Doch es galt, vorsichtig zu sein.

„Du bist und bleibst eine Hausmaus“, hatte vor Zeiten Heinrichs Mutter ihrem Sohn erklärt. „Hausmäuse haben draußen nichts zu suchen. Wenn du aber doch mal nach draußen musst, dann gib Acht. Draußen ist es gefährlich. Da sind nicht nur Katzen und Hunde. Auch vor den großen Vögeln, dem Falken und dem Bussard, musst du dich hüten.
Also, habe deine Augen überall.

Aber noch gefährlicher ist der Mensch.
Glaub es mir, Heinrich.
Menschen mögen Mäuse nicht!
Keine Feldmäuse!
Keine Gartenmäuse!
Und erst recht keine Hausmäuse!

Wenn sie merken, dass bei ihnen eine Maus wohnt, dann wollen sie die so schnell wie möglich loswerden.
Dabei ist ihnen jedes Mittel recht.
Präg dir das ein, Heinrich!“

Der Mäusejunge hatte der Mutter versprochen, aufzupassen. Dass Hunde und Katzen und auch die großen Vögel gefährlich sind, leuchtete ihm ein. Aber den Menschen traute er lange Zeit nichts Böses zu. Die sahen so friedliebend aus. Allen voran sein Hauswirt Anton Lattemann.

Der schien völlig ungefährlich zu sein.
Ein prima Kerl.
Und gut wohnen ließ es sich bei ihm auch.
Doch in letzter Zeit war Lattemann komisch geworden.
Warum suchte er bloß auf dem Dachboden die Ecken ab?
Sagte einmal sogar „Aus die Maus“.
Und dann dieses seltsame, gefährliche Gerät! –
Diese Fehlkonstruktion von Füttermaschine.
Als er sich gestern den Schwarzwälder Schinken holen wollte, schnappte das Ding plötzlich zu und hatte ihm ein Stückchen eines Ohrs abgeschlagen.
Er wäre vor Schreck und Schmerzen fast gestorben.
Und Bertas Schreie klangen ihm jetzt noch in den Ohren.
Je mehr er darüber nachdachte, desto unsicherer wurde er, ob Anton Lattemanns Absichten redlich waren.

Vielleicht hatte Mama recht
und Lattemann war gefährlich.
Vielleicht sogar sehr gefährlich –
und wer weiß, was dem heute einfallen würde.
Deshalb wollte Heinrich kein weiteres Risiko
eingehen. Auch seiner Berta zuliebe nicht.
Er musste ein neues Zuhause finden.
Heute noch!
„Heute noch, Heinrich?“, hatte Berta gefragt.
„Heute ist doch Heiligabend.“
„Berta, heute noch!“, hatte Heinrich geantwortet.

Die beiden Mäuse kamen schneller voran,
als sie dachten, huschten jetzt unter einem Zaun
hindurch, durchquerten mehrere Blumenrabatten

und naschten hier und da an Samenständen vertrockneter Stauden. Plötzlich hatten sie einen freien Blick auf das Haus.
Es war riesengroß. Viel größer als es vom Lattemannschen Dachboden aus ausgesehen hatte.
Und wunderschön war es auch.
Besonders jetzt, wo es mit Schnee überzuckert war.

Noch einmal blickten die beiden Mäuse nach allen Seiten und sprangen, weil sie keine Gefahr ausmachen konnten, auf den Kiesweg.

„Ein kleiner Sprung für eine Hausmaus, aber ein großer für unsere Zukunft“, rief übermütig der Mäuserich und rannte mit seiner Berta auf das Gebäude zu. Dass sie dabei über ein paar Schneewehen hinweg mussten, machte ihnen nichts aus.
„Vorfreude verleiht Flügel“, war dabei Heinrichs Kommentar.

Jetzt mussten sie nur noch einen Eingang ins Haus finden. Das dürfte kein allzu großes Problem sein.
Aber sie suchten vergebens.

Nirgendwo ein Zutritt für eine Maus!

„Heinrich“, piepste Berta müde und man konnte ihr anmerken, dass die lange Reise sie angestrengt hatte, „das ist unverantwortlich. Wir machen einen großen Fehler.“
„Warum sollten wir einen Fehler machen, Berta? Ich verstehe dich nicht.“

„Na ja, dass wir heute, am Heiligen Abend, umziehen, das Quartier wechseln.
Und dazu noch das Schneetreiben. Ob das richtig ist und unbedingt sein muss, meine ich. Du weißt schon.“
„Berta, nun hör aber auf. Fang nicht so an.
Es muss sein! Unsere bisherige Wohnung ist mir zu unsicher geworden.“
„Was findest du an dieser Wohnung plötzlich unsicher, Heinrich? Dort gibt es keine Katze!“

„In der neuen auch nicht, Berta!“
„Und auch keinen Hund!“
„Hier auch nicht, Berta! Jedenfalls kann ich nichts von beiden riechen.
Aber du darfst das seltsame Ding nicht vergessen.“
„Was für ein seltsames Ding, Heinrich?“
„Stell dich nicht so dumm an, Berta. Du weißt ganz genau, dass ich diese komische Maschine meine, die Lattemann aufgestellt hat und die nicht richtig funktioniert. Da haben wir mächtig Glück gehabt, Berta. Und darum wollte ich von dort weg.
Es war mir einfach zu riskant, dort zu bleiben.“
„Aber vielleicht hat Lattemann die Maschine repariert und sie funktioniert jetzt besser?“
„Beeerta! Das ist mir zu gefährlich.
Verstehst du nicht? Vielleicht ist das gar keine Füttermaschine – und – und Lattemann ist wirklich ein böser Mensch.“
„Du meinst, dass er uns bewusst wehtun wollte?“, fragte die Mäusedame.
„Ja! Vielleicht sogar umbringen“, antwortete der Mäuserich.

Berta war entsetzt. So hatte sie das gestrige Geschehen noch gar nicht betrachtet.

„Berta, vielleicht finden wir dort in der Garage ein Quartier – oder dort drüben im Stall."
Das Fell der Mäusedame sträubte sich.
„Ich meine ja nur für den Anfang",
ergänzte der Mäuserich, als er Bertas Blick sah.
„Heinrich, bist du noch zu retten?
Was werden unsere Freunde und Bekannten und die anderen Hausmäuse von uns denken, wenn wir uns vorstellen? ‚Gestatten? Heinrich, die Stallmaus'."
Berta schüttelte sich bei dem Gedanken und versuchte es noch einmal: „‚Darf ich uns bekannt machen? Heinrich, die Garagenmaus. Und das ist meine Frau Berta, ebenfalls Garagenmaus'."
Bertas Worte wirkten!

Der Mäuserich stellte sich die entsetzten Gesichter und die verächtlichen Blicke seiner Mitmäuse vor. Dabei dachte er an seine Kindheit zurück, als seine Eltern einmal Besuch von Großonkel Fridolin bekommen hatten. Großonkel Fridolin war eine Feldmaus. Er hatte in jungen Jahren die Freiheit gesucht und war ausgewandert, wollte unabhängig von den Menschen sein.
Heinrichs Eltern waren von dem Besuch des Oheims überhaupt nicht angetan. In ihren Augen waren

Feldmäuse vorlaut, ungebildet, hatten schlechte Manieren und lebten von der Hand in den Mund. „Und immer sind sie auf der Flucht“, hatte seine Mutter ihrem Mann zugeflüstert, „vor dem Fuchs, vor streunenden Hunden oder Katzen, vor den Greifvögeln und den knatternden Maschinen der Menschen. Ganz zu schweigen von dem stinkenden Gift, das diese aus ihren Maschinen auf die Felder spritzen. Und ihr Ende? – Brrrr.“

„Du hast recht, Berta. Wir sind und bleiben Hausmäuse“, sagte Heinrich entschlossen, „und wir werden einen Eingang finden.“
Dabei waren ihm die Worte seiner Mutter gegenwärtig. „Eine Hausmaus gibt niemals auf, meine Junge!“, klang es noch in seinen Ohren und es war ihm, als stünde sie direkt hinter ihm. Doch leider war sie vor ungefähr zwei Jahren als weise Hausmaus an Altersschwäche gestorben.

Jetzt strahlte Berta. So kannte sie ihren Heinrich: selbstbewusst und voller Tatendrang.

„Vielleicht gibt es ja eine Möglichkeit, durch die Garage oder den Schuppen in das Haus zu kommen“, sagte Heinrich und Berta nickte zustimmend, denn eine Rückkehr zu Lattemann war für sie jetzt auch ausgeschlossen.

Die Garage stand offen. Der Hausbesitzer musste weggefahren sein. Die Wand zum Haus zu inspizieren war eine Kleinigkeit, denn es war eine aufgeräumte Garage. Wenn nur der beißende Gestank nicht wäre, der wohl von einer bestimmten Flüssigkeit stammte. Lattemann nannte sie Sprit.

Heinrich hatte keine Ahnung, wozu die Menschen so etwas Abscheuliches brauchten. Er hatte Lattemann einmal beobachtet, wie dieser etwas davon aus einem Behälter in sein Auto goss und davonfuhr. Das verstand Heinrich nicht. Wie konnte Lattemann das bloß im Auto aushalten? Anton musste eine schlechte Nase haben, das stand fest. Auf seinen neuen Hauswirt schien das auch zuzutreffen. Vielleicht ja sogar auf alle Menschen.

So sehr der kleine Mäusemann und seine Frau suchten, sie fanden auch in der Garage keinen Zugang zum Haus. Jetzt blieb nur noch der Schuppen. Mit ein paar Sätzen waren sie dort und huschten durch den Spalt unter der Tür ins Innere.

Im Tageslicht, das durch ein kleines Fenster fiel, konnten sie Gartengeräte, Kisten, Kinderspielzeug und jede Menge Krimskrams erkennen.
Heinrich gefiel das! Besonders aber liebte er den leichten Modergeruch, vermischt mit dem von eingelagerten Kartoffeln, der an seiner empfindlichen Nase vorbei schwebte. Einatmen, Heinrich. Tief einatmen. Und als er jetzt einen Augenblick lang (aber wirklich nur einen ganz winzigen) dachte: „So schlimm kann das Stallmausleben doch gar nicht sein“, erinnerte er sich wieder an die mahnenden Worte seiner Mutter: „Heinrich, du bist und bleibst eine Hausmaus!“

„Bei den Schurrbarthaaren meiner Mutter“, flüsterte er Berta zu, „es muss hier einen Eingang ins Haus geben. Ich fühle es.“
Während die Mäusedame an der Tür stehen geblieben war, kletterte der Mäuseherr vorsichtig über einige Hindernisse, sprang von einer Kiste auf die andere, verschwand unter einem leeren Kartoffelsack und stand nach ein paar weiteren Sprüngen an der Hauswand. Sofort begann er zu suchen, fand aber auch hier kein Loch im Mauerwerk.
„Such weiter“, ermunterte Berta ihn, „Heinrich, such weiter! Dort in der Ecke warst du noch nicht.“

Flink huschte er zwischen ein paar Kisten hindurch – und dann begann sein Herz vor Freude zu springen. Da führte doch ein Stromkabel aus der Hauswand in den Schuppen und eigens dafür war großzügig ein Loch durch das Mauerwerk gestemmt worden.
„Danke, Mama!“, stammelte Heinrich, als er durch das Loch huschte und im Haus zwischen der Wand und einer Holzverkleidung wieder zum Vorschein kam.

Vorsichtig untersuchte der Mäuserich den Zwischenraum. Lauter Latten, kreuz und quer. Wahre Akrobatik musste er hier vollbringen. Aber für den jungen Mäusemann Heinrich war das kein Problem.
Nach kurzer Zeit fand er sogar einen Platz,
wo er ein Nest bauen könnte.
Ein Nest für Berta und sich.
Und er würde es gleich so groß bauen, dass sie auch noch eine große Schar von Kindern aufziehen könnten, ohne dass sie wieder umziehen müssten. Material gab es im Schuppen reichlich: Isolierwolle, Stoffreste, Putzlappen, alte Zeitungen und vieles mehr.

Jetzt entdeckte Heinrich einen Schlitz, durch den ein schwacher Lichtstrahl in den Zwischenraum fiel. Ob er an dieser Stelle in das Innere des Hauses

kommen könnte? Vorsichtig steckte er seinen Kopf durch den Spalt.
„Wo der Kopf durchpasst, passt die ganze Maus durch“, hatte ihn einst Onkel Edwin aufgeklärt. Onkel Edwin war Experte für Erkundungen. Er wurde, als er noch lebte, oft um Rat gefragt und half anderen Mäusen gern bei der Suche nach einem neuen Zuhause. Leider war er von einer Erkundungstour nicht mehr zurückgekommen.

Es war mucksmäuschenstill im Haus und kein Mensch war zu hören und zu sehen. „Ideal“, dachte Heinrich und zwängte sich durch die Öffnung, „ich glaube, dass wir es hier gut getroffen haben.“ Das hier schien das Wohnzimmer zu sein. Jedenfalls bezeichnete Lattemann den Raum, in dem die Sessel und der Kasten mit den tanzenden Bildern standen, so.

Heinrich wagte sich weiter vor. Dabei achtete er sehr darauf, bloß keine Köttel fallen zu lassen. Vor ihm lag die Küche. Die Küchentür stand offen. Der Mäuserich huschte unter die Eckbank. In der hinteren Ecke lagen ein paar Getreidekörner und dort unter dem Schrank fand er auch noch ein paar. Genug, um sich für den Anfang zu versorgen. Nach Mäuseart stopfte er sie in seine beiden Backentaschen, rannte wieder ins Wohnzimmer und verschwand durch den Spalt hinter der Verkleidung. Im Nu waren die Körner versteckt.

Dann machte er noch schnell einen Rundgang durch das Haus und schlüpfte anschließend durch das Kabelloch in den Schuppen zu seiner Berta zurück.

DIE NEUEN VERMIETER

Berta war begeistert, als Heinrich sie durch die Maueröffnung ins Innere des Hauses führte. Am liebsten hätte sie gleich mit dem Nestbau begonnen. Aber das musste erst einmal warten, denn schließlich war heute der Heilige Abend. Da würde es bestimmt bei den neuen Vermietern allerhand zu sehen geben.
Und das wollte sie auf keinen Fall verpassen.

„Was meinst du, Heinrich, ob hier wohl auch dieser rote Kerl reinkommt und seinen Sack auskippt?“
„Karl.“
„Nein, Kerl, Heinrich.“
„Der Kerl hieß Karl, Berta. Schwager vom Anton. Anton Lattemann meine ich. Hast du das vergessen?“
„Stimmt, Heinrich, ich erinnere mich. Seine roten Sachen lagen doch auf dem Dachboden.“
„Genau, Berta. Ich könnte mich totlachen, wenn ich daran denke. Du hattest doch den Stoff probiert und in die Hose ein Loch geknabbert. Bei der Bescherung haben dann alle laut gelacht, weil Karls Unterhose weiß aus der Hose blitzte.“
„Na ja, Heinrich, aber dass du die rote Mütze das ganze Jahr über als Klo benutzt hattest, war auch nicht ohne.“

„Und das Schönste war, Berta, dass Karl das gar nicht bemerkt hat. Erst nach der Bescherung hat er sich gewundert, dass so viele Krümel auf seinem Kopf waren.
Aber jetzt müssen wir uns ein sicheres Plätzchen suchen, damit wir unsere neuen Vermieter beobachten können."
„Meinst du nicht, dass wir hier bleiben und durch den Schlitz da gucken könnten, Heinrich."
„Zu gefährlich, Berta, viel zu gefährlich.
Da kann man uns leicht entdecken. Besser, wir springen dort in den Blumenkübel. Unter den Blättern sieht uns keiner. Und wenn wir dort tatsächlich mal ein paar Köttel fallen lassen müssen, fällt das nicht weiter auf. Komm wir beeilen uns. Unsere Vermieter werden sicherlich bald nach Hause kommen."

Flink huschten die beiden Mäuse durch das Wohnzimmer, hüpften in den Blumenkübel und versteckten sich unter den Blättern der Pflanzen.

„Heinrich?"
„Ja, Berta?"
„Heinrich, ich glaube, ich kriege Hunger."

„Du hättest dich an den Samenständen im Staudenbeet satt essen können, Berta.“
„Und du hättest mir das ruhig sagen können, Heinrich. Aber jetzt ist es zu spät.“

Der Mäuserich überlegte. Die in der Nähe des zukünftigen Nestes versteckten Körner würde er nicht anrühren. Sie sollten schließlich die Weihnachtsüberraschung für Berta sein. Und zum Staudenbeet zu laufen war ihm zu riskant. Was wäre wohl, wenn gerade in diesem Augenblick seine neuen Vermieter zurückkehrten? Und Berta längere Zeit allein im Blumenkübel zurücklassen war auch ausgeschlossen. Was blieb dem Mäuserich anderes übrig, als noch einmal flink in die Küche zu huschen, um dort nach etwas Essbarem zu suchen.
Gerade, als er dabei war, einige vom Frühstück unter den Tisch gefallene Brotkrumen aufzusammeln, hörte er, wie die Haustür aufgeschlossen wurde. Heinrich erschrak, stopfte sich schnell die Backen voll und sprang so schnell er konnte zurück ins Wohnzimmer und in den Blumenkübel. „Glück gehabt“, flüsterte Heinrich seiner Berta zu. Diese konnte vor Schreck nur nicken, machte sich dann aber doch über die Krümel her, die ihr Mann ergattert hatte.

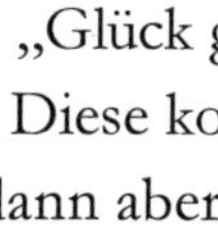

„Die sehen ziemlich alt aus“, flüsterte Berta ihrem Mäusemann zu und lugte vorsichtig unter dem Blätterdach der Pflanzen hindurch, „besonders die Frau.“
„So alt auch wieder nicht“, antwortete Heinrich. „Anton ist älter, schätze ich.“
„Und wie alt, meinst du, ist Lattemann?“
„Na ja, ich schätze so zwölf oder noch mehr.“
„Oh Heinrich“, himmelte Berta ihren Mann an, „was du alles weißt!“

Während die beiden Mäuse sich mit ihren neuen Herrschaften beschäftigten und jeden ihrer Schritte beobachteten, klingelte das Telefon, das in einer Ecke des Wohnzimmers auf dem Schreibtisch stand.
Der neue Vermieter ging zügig auf den Apparat zu und meldete sich:
„*Hier ist Shultz, Shultz ohne c.*
Wer ist dort bitte? Oh, Mister Moonlight! How are you? – Thank you. I'm fine – hmm – How please? – Yes, it's right – hmm – Yes, I understand – No Problem, Mister Moonligth – Bye bye, Mister Moonlight.
I wish you and your family a merry Christmas."

„Hast du gehört, Heinrich? Der heißt Shultz und hat keinen Zeh. Aber warum muss der das jedem durch sein Klingelding erzählen. Muss denn jeder wissen, dass er keinen Zeh hat, Heinrich?"
„Das frage ich mich auch, Berta. Das macht er bestimmt deshalb, weil keiner sieht, dass ihm ein Zeh fehlt. Er hat schließlich Schuhe und Strümpfe an."
„Aber Heinrich, du sagst doch auch nicht jedem: ‚Ich bin Heinrich, Hausmaus ohne Ohr.'"
„Berta, ich bitte dich! Bei mir ist das etwas anderes. Bei mir kann das ja jeder sehen."
„Weißt du, was mir noch aufgefallen ist, Heinrich?"

„Nein, Berta, bitte sag es mir."
„Na der Shultz. Erst habe ich ihn verstanden,
aber dann hat er so komisch gesprochen."
„Das war eine andere Sprache, Berta.
Menschen sprechen manchmal andere Sprachen."
„Und weißt du, was das für eine Sprache war?"
„Englisch, Berta. Ganz klar englisch."
„Oh Heinrich, was du alles weißt!
Kannst du etwa auch englisch sprechen?"
„Hmm, lass mich mal überlegen –
ja, einen Satz kann ich."
„Und wie heißt der, Heinrich?"
„‚Yes, we can', Berta. Hab ich vor längerer Zeit
mal aus Lattemanns Kasten gehört.
Hat ein Mann den anderen Menschen zugerufen.
Ein Politiker war das.
Und alle haben dann ‚Yes, we can' zurückgeschrien."
„Heinrich, ist Politiker sein etwas Schlimmes?"
„Nicht unbedingt, Berta. Schlimm ist nur, dass die
oft etwas versprechen und es dann doch nicht halten.
Und dass sie alles besser wissen. Schlimm ist auch,
dass die anderen Menschen immer wieder darauf
reinfallen. Aber warum fragst du, Berta?"
„Na ja – mein Cousin Guido ist doch auch Politiker."
„Möchtegernpolitiker, Berta, Möchtegernpolitiker."

„Ich finde aber seinen Wahlspruch ganz nett, Heinrich: ‚In jedes Häuschen ein Mäuschen.'." „Nun hör mal, Berta, müssen wir das wieder durchnehmen? Das ist unrealistisch, total abgehoben. Diese Botschaft gehört nicht an uns Mäuse gerichtet. Du hast doch selbst gesehen, wie schwer es ist, eine neue Wohnung zu finden und von den Menschen geduldet zu werden.

Die Botschaft muss anders heißen und an die Menschen gerichtet sein: ‚Bau dein Haus für die Maus.'. Das wäre richtig, Berta. Aber davon wollen die Menschen nichts wissen. Das einzige, was sie dulden, sind weiße Mäuse."

„Du meinst diese Schönlinge mit den roten Augen?“
„Richtig, Berta, die bilden sich was darauf ein, dass sie bei den Menschen wohnen dürfen, und blicken verächtlich auf uns herab. Dabei sind sie überhaupt nicht überlebensfähig. Müssen immer in so einem Schutzkasten hocken. Und damit sie nicht total verweichlichen, rasen sie wie wahnsinnig in einem Rad herum.“

Kaum dass der Vermieter, von dem wir jetzt den Nachnamen wissen, den Hörer aufgelegt hatte, hörte man aus der Küche seine Frau rufen:
„Heinrich, komm bitte mal her!“

Die beiden Mäuse erschraken.
„Heinrich, wir wurden entdeckt. Man hat dich vorhin gesehn“, jammerte Berta und zitterte vor Angst.
„Psst, Berta, ganz ruhig. Nicht bewegen.“

„Heinrich, bist du schwerhörig? Nun komm doch bitte!“, rief Frau Shultz ungeduldig.

„Heinrich, sie haben sogar gesehen, dass dir ein Ohr fehlt und du schlecht hörst“, jammerte Berta weiter.
„Wir müssen aufgeben.“

„Aufgeben? Berta, bist du noch bei Trost?
Denk an die Worte meiner Mutter:
‚Eine Hausmaus gibt niemals auf.‘
Wir warten hier im Versteck und damit basta.“

„*Ja, mein Schatz, ich komme gleich*“, antwortete Herr Shultz. „*Ich denke gerade nach, wo wir dieses Jahr den Weihnachtsbaum hinstellen.*“

„*Wohin wohl?*“, antwortete Frau Shultz
und kam in das Wohnzimmer.
„*Dorthin, wo er jedes Jahr stand, Heinrich.*“

„Das ist doch die Höhe!“, entrüstete sich Berta.
„Der Mann heißt auch Heinrich, genau wie du.
Ein Mensch mit einem Mäusenamen!
Das halte ich nicht aus, Heinrich!“
„Nun mal langsam, Berta. Es stört mich überhaupt nicht, dass der ‚Shultz ohne Zeh‘ auch Heinrich heißt.
Wir können sowieso nichts dagegen tun.“
„Doch, ich könnte dich Herbert nennen“,
schlug die Mäusedame vor.
„Dann kann man euch nicht verwechseln.“
„Kann man auch so nicht, Berta.“

„Ich würde den Baum aber lieber dorthin stellen, wo der Blumenkübel steht“, antwortete Herr Shultz seiner Frau.
„Und wo sollen dann die Blumen hin?“, fragte Frau Shultz.
„Die könnten die Feiertage über im Schlafzimmer stehen, mein Schatz“, antwortete der Mensch Heinrich freundlich.

„Heinrich, hör doch!“
„Ich höre, Berta.“
„Wir sollen rausgeschoben werden. Dann können wir das Weihnachtsfest vergessen. Und dann auch noch in das Schlafzimmer! Weißt du noch, Heinrich, als wir eine Nacht bei Anton im Schlafzimmer verbringen mussten?“
„Erinnere mich bloß nicht daran, Berta. Wie der Lattemann geschnarcht hat. Wie eine Riesenkatze. Grau-en-haft!“
„Und was machen wir nun, Heinrich? Sollen wir nicht einfach weglaufen, zurück zu Anton?“
„Was du immer mit dem Weglaufen hast, Berta. Nur eine dumme Hausmaus läuft einfach weg.“

„Hmm“, machte Frau Shultz, *„den Tannenbaum an diese Wand, dort – hmm. Nicht schlecht. Den Blumenkübel würde ich aber im Wohnzimmer lassen. Stell ihn doch dorthin. An die Stelle, wo sich die Tapete leicht*

gelöst hat. Das fällt dann nicht so auf. Und dann vergiss bitte nicht, die Pflanzen zu gießen. Sie brauchen dringend Wasser.“

Berta und Heinrich hatten gar keine Zeit, vor Erleichterung aufzuatmen. Schnell kletterten sie an den Pflanzen empor, um dem Wasserschwall aus der Gießkanne zu entgehen und dann packte der Mensch Heinrich den Blumenkübel und schob ihn quer durch das Wohnzimmer, direkt vor den Eingang zu ihrer neuen Wohnung.
Und da Herr Shultz glücklicher Weise etwas Abstand zur Wand ließ, hatten unsere Mäuse den idealen Platz.

Und dann begann die übliche Hast am Vormittag des Heiligen Abends. Herr Shultz stellte den Weihnachtsbaum auf und schmückte ihn. Und da er das nicht ganz im Sinne seiner Frau machte, hatte sie kurz vor der Bescherung allerhand zu tun, um das nach ihren eigenen Vorstellungen zu ändern.

Dann trug er eine Menge Päckchen und Pakete herein und legte sie vor dem Weihnachtsbaum ab.
Und nachdem er mit einer sonderbaren, schlürfenden Krachmaschine, die er an einem langen Rüssel hinter sich herzog, kreuz und quer durch das Haus gegangen

war, ließ er sich in einen Sessel fallen, machte mit lautem „Plopp“ eine Flasche auf und goss den Inhalt in sich hinein.
Die beiden Beobachter kannten dieses Verhalten schon von Anton Lattemann. Der hatte nach den ersten Schlucken immer laut „burps“ gemacht. Die Mäuse fanden das recht lustig und nannten die Flüssigkeit deshalb Burpswasser.

Frau Shultz beschäftigte sich die ganze Zeit über in der Küche und sorgte für einen Duft im Haus, der den beiden Mäusen großen Appetit machte. Den Vermietern selbst schien der leckere Duft allerdings nicht viel auszumachen.
Das festigte nur die Erkenntnis der Mäuse, dass Menschen schlechte Nasen haben.

VOR DER BESCHERUNG

Endlich war es soweit.
Herr und Frau Shultz hatten alle Vorbereitungen getroffen und warteten nun, dass der Besuch einträfe. Die Kinder und Enkel sollten kommen, so hatten es die Mäuse gehört.

„Was sind Enkel?“, wollte Berta wissen.
„Na, die Kinder der Kinder. Lattemann hat doch auch zwei Enkel. Du kennst sie doch“, antwortete Heinrich.
„Ach ja, der Kleinere hatte doch immer so viele Dummheiten im Kopf. Einmal, das weiß ich noch ganz genau, hat er mit so einem kleinen Klack-Klack-Ding bei Antons Nachthemd die Ärmel zugemacht.“
„Genau, Berta. Wir haben an diesem Abend Lattemanns Wutanfall bis auf unseren Dachboden hören können. Und wir beide haben gelacht.“

In diesem Augenblick klingelte es und gleich darauf flog die Haustür auf. Mit lautem Geschrei stürmten drei Kinder in das Haus.
„*Hallo Omi! Hallo Opi!*“, riefen sie und fielen ihren Großeltern um den Hals.
Oma und Opa Shultz genossen es, wenn ihre Enkel

sie mit solch überschwänglicher Freude begrüßten. Als auch die Erwachsenen die Wohnung betreten hatten, wurden nach dem Willkommensgruß wie üblich viele Fragen gestellt: *Hattet ihr eine gute Fahrt? Wie geht es euch? Seid ihr alle gesund?*

Und natürlich mussten die Kinder berichten, was sie Spannendes auf der Fahrt gesehen hatten.

Und wie jedes Jahr zu Weihnachten, wurde nach der stürmischen Begrüßung erst einmal Kaffee getrunken. Die Kinder bekamen einen Kakao mit einer Sahnehaube oben auf. Dazu gab es einen leckeren Schokoladenkuchen, den Oma Shultz gebacken hatte.

Berta und Heinrich blickten aus ihrem Versteck interessiert auf die Gesellschaft, die sich in der Essecke des Wohnzimmers an den Tisch gesetzt hatte. Sie konnten aus ihrer Perspektive zwar nicht direkt den Tisch einsehen, bemerkten aber, wie einige Kuchenkrümel auf den Teppichboden fielen, besonderes dort, wo die Kinder saßen.

Den Mäusen lief das Wasser in ihren Mäulchen zusammen. Hoffentlich würde Herr „Shultz ohne Zeh“ nicht wieder mit seiner Krachmaschine kommen und die Leckerlis wegschlürfen.

„*So*“, sagte Frau Shultz, von der die Mäuse nun wussten, dass sie mit Vornamen Schatz, Omi und Mama hieß, nach dem Kaffeetrinken zu den Enkelkindern, „*jetzt kommt der große Augenblick.*
Ich bin wirklich gespannt, ob der Weihnachtsmann in diesem Jahr pünktlich ist und ob er alle eure Wünsche erfüllen wird.
Aber ihr ward ja immer artig.
Da kann überhaupt nichts passieren.“
Die Enkelkinder strahlten.
„*Jetzt hören wir uns erst einmal die Weihnachtsgeschichte an.*
In diesem Jahr liest sie uns eure Mama vor.
Katja, sei doch bitte so lieb! Und du, Heinrich, zünde doch bitte den Weihnachtsbaum an!“

Natürlich zündete Herr Shultz nicht den Tannenbaum an, sondern beschränkte sich auf das Anzünden der Kerzen.
Die Familie machte es sich bequem.
Katja setzte sich in einen Sessel, neben den Opa Shultz eine Leselampe stellte. Katjas Mann Harry nahm im Sessel gegenüber Platz. Die beiden Mädchen kuschelten sich auf dem Sofa ganz dicht an ihre Oma. Der Junge zog es vor, im Schneidersitz auf dem Fußboden zu sitzen. Dann löschte Heinrich Shultz das Deckenlicht und nahm in seinem Ohrensessel Platz.

Jetzt begann Mama Katja die Weihnachtsgeschichte aus dem Lukasevangelium vorzulesen.

„Heinrich“, flüsterte Berta ihrem Mann zu,
„oh Heinrich, der Tannenbaum. Wie schön.
Heinrich, ich liebe Weihnachten.“
„Psst, Berta. Lass uns jetzt die Geschichte hören.
Die ist sicherlich spannend.“

„Es begab sich aber zu der Zeit, dass ein Gebot von dem Kaiser Augustus ausging ...“

„Ein Gebot ausgegangen?
Heinrich, was ist ein Gebot?“
„Weiß ich nicht, Berta.
Vielleicht – vielleicht ein Ofen. Öfen gehen aus.“
„Und warum ist der ausgegangen?“
„Berta, frag bitte nicht so viel.
Woher soll ich das denn wissen? Nicht nachgelegt.
Bei Öfen muss man nachlegen. Sonst gehen sie aus.“
„Armer Augustus!“
„Was heißt hier ‚armer Augustus‘, Berta?“
„Na, dem gehört doch der Ofen.
Jetzt ist er ausgegangen und Augustus muss frieren.“
„Nun sei aber still, Berta. Wir kriegen sonst
gar nichts von der Geschichte mit.“

„ ... *Und jedermann ging, dass er sich schätzen ließe, ein jeder in seine Stadt. Da machte sich auf auch Josef aus Galiläa ...*“

„Heinrich, sag mal ...”
„Beeerta!“
„Heinrich, sag mal, hieß dein Großvater nicht auch Josef?“
„Ich hatte zwei Großväter, Berta.“
„Ich meine den, den die Katze gefressen hat, weil seine Wohnung nur einen einzigen Ausgang hatte und die Katze stundenlang davor saß.“
„Ruhe, Berta!
Ich will hören, wie die Geschichte weitergeht.“

„ ... *mit Maria, seinem vertrauten Weibe; die war schwanger. Und als sie dort waren, kam die Zeit, dass sie gebären sollte. Und sie gebar ihren ersten Sohn ...*“

„Oh Heinrich, ein Söhnchen. Hörst du?“
„Ich höre, Berta!“

„ ... *denn sie hatten sonst keinen Platz in der Herberge.*“

„Ich sag’s ja, Heinrich. Die hätten zu Augustus gehen sollen, auch wenn es jetzt bei ihm kalt ist. Heiligabend ein anderes Quartier zu beziehen ist ein Risiko.“

„Bei uns nicht, Berta. Bei uns nicht. Wir haben eins gefunden und das ist gut und warm. Und zu essen haben wir auch. Und nun Ruhe bitte! Ich will weiterhören."

„Und der Engel des Herrn trat zu ihnen, und die ..."

„Heinrich?"
„Ja, Berta?"
„Heinrich, ich weiß nicht, was ein Engel ist."

„ ... und sie fürchteten sich sehr."

„Dann hör doch richtig zu, Berta!
Ein Engel ist etwas zum Fürchten."
„Ich fürchte mich nur vor der Katze, Heinrich.
Wovor sich aber die Menschen fürchten, weiß ich nicht."
„Menschen fürchten sich vor uns Mäusen.
Manche schreien sogar, wenn sie Mäuse sehen."
„Heinrich, dann sind wir ja Engel. Engel ist bestimmt bloß ein anderer Name für Mäuse. Menschen haben manchmal für dieselbe Sache verschiedene Namen."
„Das kann nicht sein, Berta. Die Frau hat doch auch noch vorgelesen, dass der Engel geleuchtet hat.
Wir leuchten aber nicht."

„Und als die Engel von ihnen gen Himmel fuhren ...“

„Hast du das gehört, Heinrich? Jetzt hab ich’s.
Engel sind Mäuse, die fliegen können.“
„Gibt’s nicht, Berta.“
„Gibt’s doch, Heinrich!“
„Du – du meinst – Fledermäuse?“
„Ja!“
„Aber die leuchten auch nicht!“
„Gewöhnlich nicht, aber vielleicht am Heiligen Abend.“

„Und sie kamen eilend und fanden beide, Maria und Josef, dazu das Kind in der Krippe liegen ...“

„Heinrich, wie himmlisch! Ein Söhnchen in der Krippe. Du, Heinrich, weißt du, was eine Krippe ist?“
„Nicht direkt, Berta. Bestimmt so ein neuartiges Kinderbett – mit Rädern dran. Das kann man leicht schieben. Menschen erfinden immer neue Sachen. Und wenn sie die nicht mehr gebrauchen können, werden sie einfach auf den Dachboden gestellt, so wie bei Lattemann.“
„Heinrich?“
„Ja, Berta?“
„Was meinst du, Heinrich.

Ob das ein besonderes Kind war?“
„Warum fragst du, Berta?“
„Na ja, weil der Lattemann im letzten Jahr
auch so was vorgelesen hat.“
„Das wäre schon denkbar, Berta.
Aber da du ständig dazwischen geredet hast,
haben wir das natürlich nicht mitgekriegt.“
„Vielleicht lesen sie die Geschichte ja noch einmal vor,
dann werde ich auch ganz still sein. Versprochen!“
„Darauf kannst du aber lange warten, Berta.
Weihnachten ist nur einmal im Jahr.“
„Von mir aus könnte es aber jeden Tag sein, Heinrich.
Schon allein wegen des Tannenbaums.“

Die Kinder hatten mucksmäuschenstill der Weihnachtsgeschichte gelauscht. Oma Shultz hatte die Augen geschlossen, wie sie es immer tut, wenn sie zuhört. Harry, Katjas Mann, lächelte verhalten. Er hörte einfach gern zu, wenn seine Frau etwas vorlas.

„*Aufwachen!*“, rief Katja und schaute kopfschüttelnd zu ihrem Vater hinüber, denn Opa Shultz war eingeschlafen. Wahrscheinlich hatte ihn das Schmücken des Christbaums müde gemacht.
„*Die Weihnachtsgeschichte ist zu Ende.*“

„*Mama*“, meldete sich Lotta, das älteste der Kinder,
„*war das neugeborene Kind wirklich Gottes Sohn?*“
„*Ja, das war wirklich Gottes Sohn*“, antwortete die Mutter.
„*Der liebe Gott hat ihn uns geschenkt.*“
„*Und warum?*“, wollte Lotta wissen.
„*Weil Gott uns Menschen lieb hat und will, dass wir alle in den Himmel kommen*“, erklärte Katja den Kindern.
„*Aber das ist nur möglich, weil der Sohn Gottes als Mensch geboren wurde und uns eine frohe Botschaft gebracht hat.*“
Die Kinder nickten.

„Das hab ich nicht gewusst“,
gestand der Mäusemann seiner Frau.
„Was hast du nicht gewusst?“, fragte Berta und war erstaunt, weil ihr Heinrich doch bisher alles wusste.
„Na, dass Gott die Menschen liebt und die dann in den Himmel kommen“, antwortete der Mäusemann.
„Wer ist denn eigentlich dieser Gott?“,
hakte die Mäusedame nach.
„Na ja – so genau weiß ich das auch nicht.
Aber der Lattemann hatte mal Besuch von einem Mann, der ganz in Schwarz gekleidet war.
Erinnerst du dich noch daran?“
„Stimmt, Heinrich! Das war doch gleich nachdem Antons Frau gestorben war.“

„Genau! Und dieser schwarze Mann hat etwas von Gott erzählt. Ich habe damals, als ich die beiden belauschte, zwar nicht alles verstanden. Aber doch soviel, dass dieser allmächtig sein soll und alles gemacht hat. Die Erde, die Menschen, die Tiere. Eben einfach alles."

„Meinst du, Heinrich, dass er auch uns Mäuse gemacht hat?"

„Wenn das stimmt, was der Schwarze gesagt hat, dann hat er auch uns Mäuse gemacht."

„Du, Heinrich?"

„Berta?

„Du, Heinrich. Ob uns dieser Gott mag? – Weil er uns gemacht hat, meine ich. Dann kämen wir ja auch in den Himmel. Vielleicht nicht in den Menschenhimmel – und wenn ich recht überlege, will ich da auch gar nicht rein, weil uns die Menschen nicht mögen, aber ..."

„Du meinst – in den Mäusehimmel? Berta, von dem hab ich noch nie etwas gehört. Aber es könnte schon sein, dass ..."

„So, Kinder, jetzt könnt ihr eure Gedichte aufsagen und dann ist Bescherung", sagte Mama Katja. *„Sofie, möchtest du anfangen?*"

Sofie war das jüngste der drei Kinder.

„Heinrich, sieh mal, wie süß. Und was für tolle Hausschuhe sie anhat. Direkt zum reinbeißen.“
„Still jetzt, Berta. Ich will unbedingt das Gedicht hören, das die Kleine aufsagt. Ich liebe Gedichte.“
„Heinrich?“
„Ja, Berta?“
„Heinrich, was ist ein Gedicht?“
„Na das, was die Kleine gleich aufsagt.“
„Oh Heinrich, was du alles weißt!“

Sofie war sofort vom Sofa gerutscht, hatte sich vor dem Weihnachtsbaum aufgestellt und sprudelte auch gleich wie ein Wasserfall das Gelernte hervor:

„Advent, Advent, ein Lichtlein brennt,
erst eins, dann drei, dann drei, dann vier,
dann steht das Christkind vor der Tür.“

„Das heißt: Erst eins, dann zwei, dann drei,
dann vier, dann steht das Christkind vor der Tür“,
korrigierte der Vater.
„Erst eins, dann drei, dann drei, dann vier,
dann steht das Christkind vor der Tür”,
wiederholte das Kind und die Erwachsenen mussten schmunzeln.

„Hast du das gehört, Heinrich?
Da steht ein Kind vor der Tür.“
„Ja, Berta, ich hab’s gehört.
Ich bin doch nicht schwerhörig.“
„Bist du doch, Heinrich.
Wo du doch jetzt nur noch ein Ohr hast.“
„Psst, Berta, jetzt sagt die große Schwester
ihr Gedicht auf.“

„Fritzchen, bleib vom Schlüsselloch!
Das Christkindlein, das sieht das doch.
Fliegt davon, wenn man es stört.
Fritzchen, hast du nicht gehört?

Aber Fritzchen tat es doch.
Schaute durch das Schlüsselloch.
Christkindlein, beleidigt sehr,
flog davon und kam nicht mehr.“

„Ein Flederkind!“
„Was sagst du da, Berta?“
„Na das Kind, das vor der Tür stand und weggeflogen ist. Das war ein Flederkind. Ich wusste gar nicht, dass es fliegende Menschen gibt. Man müsste dieses Fritzchen richtig ausschimpfen.“

„Warum, Berta?“
„Na, weil er das Flederkind weggescheucht hat.
Und ich hätte es doch zu gerne gesehen.
Du etwa nicht, Heinrich?“
„Hmm, wenn ich überlege, schon.
Psst, es geht weiter. Jetzt kommt der Bruder dran.“

„Denkt euch, ich habe das Christkind gesehn!
Es kam aus dem Walde, das Mützchen voll Schnee,
mit rotgefrorenem Näschen.“

„Siehst du, Heinrich! Er gibt es zu!“
„Wer gibt was zu, Berta?“
„Dass er das Fritzchen ist.“
„Berta, der Junge heißt Benni.
Das hat doch der Opa vorhin gesagt.“
„Aber er hat zugegeben, dass er das Christkind gesehen hat. Also hat er durch das Schlüsselloch geguckt.
Und deshalb ist er auch das Fritzchen.“
„Nun haben wir den Rest des Gedichts nicht mitbekommen, Berta. Weil du immer dazwischenredest.“
„Aber nur, weil ich mich so fürchterlich aufrege.“
„Dazu hast du keinen Grund, Berta.“
„Doch, Heinrich, habe ich. Und du hättest ihn auch.
Hör mal! Jetzt lobt der Opa die Kinder, weil sie ihre

Gedichte so schön aufgesagt haben, und dabei gehört das Fritzchen kräftig ausgeschimpft."
„Welches Fritzchen denn, Berta?"
„Na das Bennifritzchen, Heinrich. Nun stell dich aber nicht so dumm an. Überleg doch mal. Da steht ein Kind mit einer roten Nase vor der Tür, das fliegen kann, und dieser Bengel dort verscheucht es.
So ganz ohne Grund. Obwohl die große Schwester ihn gewarnt hatte. Und er wird noch nicht einmal dafür ausgeschimpft. Da muss man sich doch aufregen, Heinrich."
„Psst, Berta. Jetzt kommt noch etwas."

„So, ihr lieben Kinder", schlug nun Oma Shultz vor, *„wir singen jetzt noch ein schönes Weihnachtlied und ich denke, dass dann der Weihnachtsmann kommen wird."*
„Alle Jahre wieder!", rief Lotta begeistert
und alle waren damit einverstanden.
Katja setzte sich an das Klavier
und die Familie begann zu singen:

„Alle Jahre wieder, kommt das Christuskind
auf die Erde nieder, wo wir Menschen sind.
Kehrt mit seinem Segen ein in jedes Haus,
geht auf allen Wegen mit uns ein und aus."

„Hast du das gehört, Berta. Das Kind kommt nächstes Jahr wieder. Auch in dieses Haus.“
„Ich verstehe die Menschen nicht, Heinrich. Da steht ein Kind vor der Tür, das fliegen ...“
„Ist ja gut, Berta.“
„Da steht ein Kind vor der Tür, das fliegen kann ...“
„Beeerta, ist guhuut!“
„Nein, Heinrich! Ist nicht gut. Da steht ein Kind vor der Tür, das fliegen kann. Die Menschen jagen es weg und dann singen sie es wieder herbei. Das verstehe ich nicht. Dabei hatte das Flederkind schon eine ganz rote Nase. Und außerdem habe ich schon wieder Hunger. Und wir haben nichts zum Futtern in unserer neuen Wohnung. Ich frage mich wirklich, ob wir nicht doch einen großen Fehler gemacht haben, Heinrich.“
„Hör auf zu nerven, Berta.
Wir werden bestimmt bald etwas zu essen bekommen.“

DIE BESCHERUNG

„*Kinder, es hat an die Tür geklopft*“, sagte Opa Shultz. „*Ich werde mal nachsehen wer da ist.*“
Rasch erhob er sich und ging zur Haustür.

„Heinrich, ob das Flederkind heute schon zurückgekommen ist? Vielleicht hat das Singen etwas genützt.“
„Glaub ich nicht, Berta. Ich tippe eher auf Karl.“

Nachdem der Großvater die Haustür geöffnet hatte, waren auf dem Dielenboden ein paar schwere Schritte zu hören, die sich dem Wohnzimmer näherten. Gespannt blickten die Kinder zur Wohnzimmertür.

Auch Heinrich und Berta konnten es kaum aushalten. Heinrich bemerkte, dass sie sich nach und nach ein Stückchen weiter vorgewagt hatten und jetzt Gefahr liefen, von den Menschen entdeckt zu werden.
„Berta, wir müssen etwas zurück, damit uns keiner sieht. Am besten, wir klettern wieder etwas höher in die Pflanzen.“

„Aber dort wird mir so komisch im Bauch, Heinrich.“
„Versuch es einfach mal, Berta. Es muss sein!“

„*Mama, guck mal, die Blumen wackeln*“, sagte die kleine Sofie und war einen Augenblick von der eintretenden Gestalt abgelenkt.
„*Das kommt von der Zugluft*“, erklärt die Oma.
Sofie gab sich mit dieser Erklärung zufrieden und die beiden Mäuse, die einen Augenblick lang vor Schreck die Luft angehalten hatten, waren erleichtert.

„*Fröhliche Weihnachten!*“, rief der Mann im roten Anzug und blickte freundlich in die Runde.
„*Wart ihr auch alle artig?*“
„*Ja!*“, antworteten die Kinder im Chor.
„*Dann will ich mal hören, ob ihr euer Sprüchlein aufsagen könnt.*“
Ohne zu Zögern sprudelten die drei hervor:

„*Lieber, guter Weihnachtsmann,*
schau mich nicht so böse an.
Stecke deine Rute ein,
ich will auch immer artig sein.“

„*Das habt ihr aber schön gesagt*“, antwortete der Weihnachtsmann und setzte den großen Sack, den er dabei hatte, mit Schwung auf dem Fußboden ab.

„Hört sich aber anders an als Karl“, stellte Berta fest.
„Ist aber Karl“, widersprach Heinrich.
„Ist schließlich ein Jahr älter geworden.“
„Heinrich, das ist nicht der Karl. Guck mal.
Er hat sich umgedreht. Sein Hosenboden –
kein Loch – auch nicht gestopft.“
„Hmm, Berta, du hast recht. Das ist ein anderer Kerl.“

*„So ihr lieben Kinder. Ihr habt bestimmt schon die Pakete
und Päckchen unter dem Weihnachtsbaum liegen gesehen.
Die sind für euch. Meine Wichtel haben sie heute Morgen schon
vorbeigebracht, damit ich jetzt nicht soviel schleppen musste.
Für die Erwachsenen sind auch ein paar Kleinigkeiten dabei,
obwohl die in diesem Jahr gar nicht so artig waren.
Na ja, aber darüber will ich mal großzügig hinwegschauen.“*

„Heinrich, das ist ja unerhört. Der rote Kerl schwindelt.
Wir haben doch selbst gesehen, wie der Menschen-
heinrich, der keinen Zeh hat, die Pakete dort hingelegt
hat, nachdem der Tannenbaum geschmückt war.“
„Nun hör mal, Berta. Vielleicht haben wir ja nicht
alles gesehen und die Wichtel haben die Geschenke
an der Tür abgegeben. Der Heinrich hat sie dann
einfach hier hereingetragen.“
„Heinrich, weißt du denn, was Wichtel sind?“

„Nicht so ganz genau, Berta. Ich habe noch keine gesehen. Sie müssen aber groß und stark sein, weil sie doch die schweren Pakete getragen haben.“

„Nun muss ich mal sehen, was ich hier noch in meinem Sack habe. Hmm, das sind wohl hauptsächlich Dinge zum Naschen.“
Nach und nach griff der Weihnachtsmann in den Sack und holte lauter schöne Sachen hervor. Für jedes der Kinder gab es einen großen Beutel mit Süßigkeiten.
Die Oma bekam eine Flasche Medizin der besonderen Art, was der Rotgekleidete mit: *„Aber erst abends vor dem Schlafengehen nehmen. Und immer nur ein Gläschen“*, kommentierte.
Dem Opa reichte er eine Schachtel Zigarren, die dieser sich zu besonderen Gelegenheiten gönnen würde.
Jetzt wandte sich der eingetretene Gast den Eltern zu:
„Für euch habe ich hier ein Fläschchen mit Orangenlikör und eine Flasche Sekt. ‚Für besondere Stunden‘, steht auf dem Beizettel. Na, das war's dann auch, oder?“
Der Weihnachtsmann fasste sich an die Stirn:
„Da hätte ich doch beinahe etwas vergessen.“
Schnell drehte er sich um, lief aus dem Wohnzimmer und kam mit einem großen Karton, den er an einem Tragegriff trug, wieder.
Die Kinder warteten gespannt.

„Heinrich, weißt du, was in dem Karton sein könnte? Das ist ja richtig spannend."
„Alles, Berta. Das könnte so ziemlich alles sein."
Vorsichtig setzte der Weihnachtsmann den Karton auf dem Fußboden ab. Er war mit buntem Weihnachtsgeschenkpapier verpackt. Oben waren ein paar Löcher in den Karton gemacht worden.
„Na ihr drei", wandte er sich den Kindern zu.
„Wollt ihr mal zu mir kommen und das Geschenk auspacken? Aber bitte ganz vorsichtig."

„Da ist bestimmt Glas drin, Berta.
Glas muss man immer vorsichtig auspacken, weil es so leicht kaputt gehen kann."
Berta schaute den Mäuserich staunend an:
„Ach, Heinrich, du weißt wirklich alles."
Und Heinrich war stolz. Er mochte es, wenn ihn seine Mäusedame so bewunderte.

Die Kinder waren an das Paket herangetreten und rissen vorsichtig die bunte Verpackung auf. Und dann folgte ein Jubelschrei, als der Weihnachtsmann zwei kleine Katzen hervorholte und den beiden Mädchen in den Arm gab: *„Mama, Papa! Wir haben zwei Katzen bekommen. Die sind aber niedlich."*

„*Die Kätzchen sind für euch drei*“, sagte der Weihnachtsmann. „*Ihr müsst ihnen noch Namen geben.*“
„*Ich finde Miezi schön!*“, rief Lotta.
„*Und ich Mauzi!*“, rief Sofie.
„*Katzi ist auch ein schöner Name*“, schlug Benni vor.
„*Katzi ist doch kein Katzenname*“, antwortete Lotta.
„*Ist es doch!*“, beharrte Benni auf seinem Vorschlag.
„*Das könnt ihr euch ja noch einmal in Ruhe überlegen*“, schlug der Weihnachtsmann vor.

„Heinrich, das ist ja entsetzlich, einfach fürchterlich! Zwei Katzen! Heinrich, warum muss man mit Katzen vorsichtig umgehen? Heinrich, warum mussten wir bloß am heiligen Abend umziehen? Und dann noch ausgerechnet hierher, wo es jetzt zwei solche Monster gibt.“
„Beruhige dich bitte, Berta.“
„Ich mich beruhigen? Heinrich, wie viel Ausgänge hat unsere neue Wohnung?“
„Zwei, Berta, zwei.“
„Heinrich, das ist zu wenig. Stell dir vor: Vor jedem Ausgang eine Katze. Stundenlange Belagerung. Das ist die Hölle! Heinrich, denk an deinen Großvater Josef.“

„Nun werd' bloß nicht hysterisch, Berta!
Es gibt keinen Grund zur Aufregung.
Schließlich sind die Katzen noch ganz klein."
„Auch kleine Katzen werden einmal groß, Heinrich. Denk nur an deine Ahnentante ‚Mausi von der Tummelwiese'. Hatte auch immer mit einer kleinen Katze gespielt und nicht bemerkt, dass diese größer wurde. Eines Tages war Mausi spurlos verschwunden. Du hast mir das selbst oft genug erzählt."
„Schon gut, schon gut, Berta. Hast ja recht. Wir überlegen nach Weihnachten, was wir machen können."

„Na Kinder, freut ihr euch über die Kätzchen?“
„Ja, Opa, die sind ja so süß“, antwortete Benni, der jetzt eines der Tiere auf dem Arm hatte und es streichelte. *„Dürfen wir die mit nach Hause nehmen?“*
„Aber natürlich“, antwortete der Großvater. *„Meint ihr, ich will die hier behalten. Gebrauchen könnte ich die schon, wegen der Mäuse im Garten. Aber ich glaube, auf eurem großen Grundstück mit den vielen Ställen sind sie besser aufgehoben.“*

„Na, was sagst du dazu, Berta. Die ganze Aufregung war umsonst. Die Katzen bleiben nicht hier.“
„Da bin ich heilfroh, Heinrich. Aber aufregen könnte ich mich trotzdem.“
„Worüber, Berta?“
„Sagt, er könnte sie wegen uns Mäusen gebrauchen. Der Gipfel ist das, Heinrich. Das ist nicht zu entschuldigen. Ich wünsche mir ja auch nicht, dass die Riesenmaus hierher kommt und die Menschen fängt.“
„Riesenmäuse gibt es auch nicht, Berta.“
„Gibt es doch, Heinrich.“
„Gibt es nicht!“
„Doch!“
„Wer sagt das, Berta?“
„Das hat mir mein Bruder Bruno erzählt,
als ich noch klein war.“

„Dein Bruder Bruno, dieser Prahlhans!
Und was ist aus deinem Bruder Bruno geworden?"
„Er ist ausgewandert und wollte ein großer Held werden. Er hat mir erzählt, dass er die Riesenmaus suchen wolle."
„Glaub doch nicht solchen Unsinn, Berta."

„Sag mal, Heinrich, was haben eigentlich die Menschen gegen uns?"
„Das weiß ich auch nicht, Berta. Das wird uns Mäusen wohl immer ein Geheimnis bleiben."
„Sind wir denn böse, Heinrich?"
„Ganz gewiss nicht, Berta."
„Heinrich?"
„Berta?"
„Was meinst du? Gibt es mehr Menschen oder mehr Mäuse auf der Welt?"
„Ich glaube, dass es viel mehr Mäuse auf dieser Welt gibt als Menschen, Berta. Mäuse gibt es überall."
„Auch am Südpol, Heinrich?"
„Auch am Südpol, Berta."
„Vielleicht sollten wir einfach mal böse werden, Heinrich."
„Wie bitte?"
„Na ja – ich meine – dieser ‚Yes-we-can-Mensch'

hat es doch geschafft, dass ihn alle Menschen mögen. Du hast es doch selbst in Lattemanns Kasten gesehen. Und wenn nun mein Cousin Guido, der Politiker, alle Mäuse zusammenrufen würde. Vielleicht käme dann auch mein Bruder Bruno wieder – mit der Riesenmaus – und dann könnten wir alle mal böse zu den Menschen sein. Du weißt schon, weil wir dann stärker sind als alle Menschen."
„Berta, ich bitte dich. Das funktioniert nicht."
„Warum nicht, Heinrich? Sag mir, warum nicht."
„Weil die Menschen Maschinen haben, Berta. Schreckliche Maschinen und andere schreckliche Dinge. Die würden sie gegen uns einsetzen und das bedeutete – ‚Aus die Maus'. Ich glaube, dass Lattemann das meinte, als er das sagte."

In ihrer Aufregung hatten die beiden Mäuse gar nicht gemerkt, wie der Weihnachtsmann das Haus verlassen und sich die Familie den weiteren Geschenken zugewandt hatte. Oma Shultz hatte die Kätzchen auf den Schoß genommen und beobachtete mit den anderen Erwachsenen, wie die Kleinen ihre Geschenke auspackten.

Auch unser Mäusepärchen war gespannt.
„In Bennis Paket ist OGEL drin“, flüsterte der Mäuserich seiner Frau zu.
„Und woher weißt du das, Heinrich?“, wollte Berta wissen.
„Hab’ ich gelesen. Steht doch auf dem Karton. Da, in großen Buchstaben.“
„Und was ist OGEL, Heinrich?“
„Das weiß ich noch nicht, Berta. Aber wenn die Sachen ausgepackt sind, wissen wir es.“
„Oh Heinrich, ich wusste gar nicht, dass du lesen kannst“, staunte die Mäusedame, „wo hast du das denn gelernt?“
„Von meiner Mutter. Meine Mutter konnte lesen. Sie war eine Schulmaus. Bis die Dorfschule abgerissen wurde, wohnte sie in einem Klassenzimmer und hat im Unterricht immer gut aufgepasst. So hatte sie lesen gelernt und konnte sogar bis zehn zählen.“
„Ist eine Schulmaus auch eine Hausmaus, Heinrich?“
„Schulmäuse sind sogar ganz besonders schlaue Hausmäuse, Berta!“
„Aber hat sie denn dort genug zu essen gehabt?“
„Aber klar doch. Meine Mutter schwärmte immer von dieser Zeit und wie gut es ihr dort gegangen ist, weil doch die Kinder oft ihr Schulbrot weggeworfen

oder einfach unter der Schulbank liegen gelassen haben. Und als ich dann zur Welt kam und ein bisschen größer wurde, hat sie mir das Lesen und das Zählen beigebracht. ‚Heinrich', hat sie mir immer gesagt, ‚es ist wichtig, dass Mäuse lesen und zählen können.'"
„Heinrich, ich möchte auch gern lesen können. Ist das sehr schwer?"
„Überhaupt nicht, Berta. Du musst nur die Buchstaben von einer Seite her nacheinander aussprechen."
„Und an welcher Seite muss ich anfangen?", fragte Berta.
„Ich glaube, das ist egal. Ich beginne immer rechts", entgegnete der Mäuserich.
Berta nickte interessiert und Heinrich las langsam und zusammenhängend die Buchstaben vor.
„O – G – E – L."

„Heinrich?"
„Berta?"
„Ist eine Kirchenmaus auch eine Hausmaus?"
„Ja, eine Kirchenmaus ist auch eine Hausmaus. Aber Kirchenmäuse sind arm, bettelarm sogar. Denn in der Kirche gibt es für Mäuse nichts zu holen, zumal auch immer weniger Menschen in die Kirche gehen und etwas Essbares fallen lassen. Darum sollten wir, wenn

wir Kinder haben, aufpassen, dass sie keine Kirchenmäuse werden. Aber warum fragst du das, Berta?“
„Nur so, Heinrich, nur so.“
„Jetzt guck dir doch mal an, was die Mädchen da ausgepackt haben.“
„Ja, Heinrich, das sind ja kleine Menschen.
Du, Heinrich, ich krieg richtig Angst.
Hör mal, der eine Mensch hat gerade ‚Mama‘ gesagt.“
„Vor diesen kleinen Menschen brauchen wir uns nicht zu fürchten, Berta.“
„Ich habe nur Angst, dass die zu uns in unser Nest krabbeln könnten. Heinrich, warum sind wir bloß umgezogen?“
„Nun sieh doch mal genau hin, Berta. Diese kleinen Menschen bewegen sich überhaupt nicht.“
„Du meinst, die sind tot? Da kommt dieser rote Kerl hierher und schenkt den Kindern kleine tote Menschen, die aber trotzdem sprechen können?
Das ist mir unheimlich, Heinrich. Das geht nicht mit rechten Dingen zu.“
„Nun mal langsam, Berta. Meine Mutter, die ja eine Schulmaus war, hat mir mal erzählt, dass die kleinen Mädchen solche winzigen Menschen bei sich tragen und damit spielen.“
„Was? Sie spielen auch noch damit. Heinrich,

stell dir vor, ich würde mit einer toten Maus spielen. Wie geschmacklos. Igittigitt. Und plötzlich würde diese auch noch zu sprechen anfangen. Gruselig."
„Nein, Berta, du hast das noch immer nicht verstanden. Das sind nicht wirklich tote Menschen, sondern nur Figuren. So – so wie der Wetterhahn auf Lattemanns Dach. Die Kinder nennen das Puppen."
„Oh Heinrich, wenn das so ist, dann möchte ich auch gerne eine Puppe. Aber eine Mäusepuppe."
„Nun lass gut sein, Berta. Guck lieber, was der Benni gerade aus dem OGEL baut. Ein richtiges kleines Haus."
„Und so schön bunt. Heinrich, baust du mir auch so ein Haus? Du könntest doch heute Nacht, wenn alle schlafen, ein paar Steinchen holen."

Während die Kinder zur Freude der Erwachsenen eifrig mit ihren neuen Sachen spielten, begannen auch die Eltern und Großeltern ihre Pakete auszupacken. Sehr zum Leidwesen unserer beiden Beobachter hatten sie ihnen aber den Rücken zugewandt.
„Oh, eine Kette!", rief Katja, die Mutter der Kinder.
„Und ich habe eine Schlagbohrmaschine bekommen", meldete sich der Vater der Kinder.

„Eine Schlagbohrmaschine? Nie gehört.
Weißt du, was das ist, Heinrich?"

„Aber klar doch, Berta. Kennst du auch, von Anton her. Mit so einem Ding hat er doch mit ganz viel Krach Löcher in die Wände gemacht."
„Danke, Heinrich, jetzt erinnere ich mich, Lattemann hat das ja meistens am Sonntag gemacht oder in der Mittagsruhe, wenn wir beide schlafen wollten."

Zwischenzeitlich hatte auch Schatz-Omi-Mama Shultz ihr Paket ausgepackt, hob es freudig in die Höhe und zeigte es den anderen.

„Umdrehen", flüsterte die Mäusedame,
„los umdrehen!"
Aber vergeblich! Die Neugierde der beiden Mäuse wurde nicht gestillt.

„Los, Heinrich", rief Frau Shultz, *„jetzt bist du dran! Mach es doch nicht so spannend."*

„Die meint nicht mich", rief der Mäusemann und blickte verschmitzt seine Berta an.
„Ich weiß, Heinrich, ich weiß", gab die Mäusefrau mit einem Mäuselächeln zurück.

Opa Shultz ließ sich unendlich viel Zeit und machte es richtig spannend. Das wurde selbst den Enkeln zuviel.

„Opa, mach doch schneller. Los Opa!", riefen sie im Chor. Endlich hatte Opa Shultz sein Paket ausgepackt. Vorsichtig zog er an der Lasche des Kartons, klappte den Deckel auf und hielt inne.
Und dann rief Herr Shultz:
„Ein PC! Damit hab ich ja gar nicht gerechnet."
Natürlich wollten jetzt alle den PC sehen und drängten sich um das Familienoberhaupt.

„Heinrich, hast du das gehört? Der Shultz hat einen Zeh bekommen. Jetzt braucht er nicht mehr jedem zu erzählen, dass er der ‚Shultz ohne Zeh' ist."
„Hör mal, Berta, ich kann mir nicht vorstellen, dass der Shultz einen Zeh bekommen hat."
„Warum nicht, Heinrich. Ich meine, so wie der Lattemann ..."
„Der Lattemann brauchte keinen Ersatzzeh, weil er ja alle Zehen hatte, Berta. Ich habe sie selbst gezählt. Guckten immer unter seiner Bettdecke hervor."
„Ich meine auch nicht Ersatzzeh. Ich meine Lattemanns Zähne, die er nachts immer ins Wasserglas legt", erklärte die Mäusedame.
„Ah, ich verstehe", antwortete Heinrich, „einen nachgemachten Zeh. Eine Prothese. Berta, Menschen nennen so etwas Prothese. Das könnte sein.
Warte mal. Dann bedeutet das P bestimmt Prothese."

In diesem Augenblick klingelte das Telefon.
Frau Shultz war entsetzt: „*Kann man noch nicht einmal in Ruhe den Heiligen Abend genießen, ohne gestört zu werden? Wer kann das denn sein?*"
Aber ehe sie dazu kam, ihrer Entrüstung weiter Luft zu machen, hatte Opa Shultz schon den Hörer abgenommen: „*Shultz am Apparat. Shultz ohne c. – Wer ist dort? – Ich kann Sie nicht verstehen! Die Verbindung ist so schlecht. Versuchen Sie es doch bitte noch einmal.*"
Opa Shultz legte auf, verschränkte die Arme und wartete auf den erneuten Anruf.

„Heinrich, was sagst du dazu?", empörte sich Berta, „der Shultz lügt. Erzählt immer noch, dass er keinen Zeh hat. Dabei hat er doch gerade einen geschenkt bekommen."
„Da muss er sich erst dran gewöhnen, Berta. An Prothesen muss man sich gewöhnen. Am besten, eine Zeit lang tragen. Aber jetzt leise, das Klingelding ..."

„*Shultz hier. – Jetzt ist es besser – Mausi? Du? – Das finde ich aber lieb, dass du anrufst. Wir haben sehr lange nichts voneinander gehört ... – Ja, das wünsche ich dir auch ...*"

„Heinrich, hörst du? Der Shultz mit dem Prothesenzeh spricht durch das Klingelding mit einer Maus.“
„Ja, habe ich gehört, aber ich verstehe das nicht. Wie kann der mit einer Maus sprechen, wo wir Mäuse das doch gar nicht können. Das Klingelding ist doch viel zu groß und schwer für eine Maus.“
„Heinrich, ich habs, die Riesenmaus kann es. Die ist stark. Heinrich, der Shultz spricht bestimmt mit der Riesenmaus. Glaub es mir! Und wenn er sich nun mit der Riesenmaus zusammentut und sie gegen uns aufhetzt? – Vielleicht sollten wir doch meinen Bruder Bruno ...“
„Berta! Wenn man dir so zuhört, könnte man wirklich Angst bekommen, aber ...“

„Ich soll euch herzlich von Mausi grüßen.
Sie wünscht uns ein frohes Weihnachtsfest.“
„Opa, wer ist denn diese Mausi?“,
fragte Benni interessiert.
„Ach ja, das könnt ihr ja nicht wissen.
Mausi ist meine jüngere Schwester. Sie lebt in Amerika,
in New York. Sie ist vor über zwanzig Jahren dorthin gezogen.
Dort ist es gerade Mittag und da hat sie überhaupt nicht daran
gedacht, dass wir gerade Bescherung haben könnten.“
„Und warum heißt sie Mausi?“, fragte Lotta.

„Na ja, richtig heißt sie Evelin. Aber ich nannte sie schon als kleines Kind Mausi, weil sie so niedlich aussah und eine spitze Nase hat – wie eine Maus.“

Berta fiel ein Stein vom Herzen: „Heinrich.
Der Shultz wird mir langsam sympathisch.
Der findet uns Mäuse niedlich.
Sag mal, findest du mich denn auch niedlich?“
„Was für eine Frage, Berta. Ich mag besonders dein spitzes Näschen. Aber meinst du nicht, dass wir genug gesehen haben? Wir können ja nachher, wenn sich die Menschen zurückgezogen haben, noch einmal ins Wohnzimmer zurückkehren. Da gibt es sicher das eine oder andere für uns abzustauben. Wir müssen nur aufpassen, dass wir keine Köttel fallen lassen. Sonst behält der Opa doch noch die Katzen.“
Vorsichtig huschten die beiden Mäuse durch die leicht klaffende Tapete hinter die Holzverkleidung und gelangten an die Stelle, wo sie morgen mit dem Nestbau beginnen würden.
„Oh Heinrich, ist das gemütlich hier.“
„Glaubst du mir nun, Berta, dass das hier schöner ist als beim Lattemann?“
„Ja, Heinrich“, antwortete die Mäusedame, „nur, dass mich hier der Hunger quält.“

„Soll er aber nicht, Berta!“
„Was heißt das, Heinrich?“
„Überraschung, Berta! Weihnachtsüberraschung!“
Flink huschte der Mäuserich in eine Ecke des neuen Zuhauses und holte die Getreidekörner hervor, die er am Vormittag dort versteckt hatte.

„Für dich, Berta, frisch aufgesammelt.“
„Das sind ja Dinkelkörner. Die esse ich doch besonders gern. Heinrich, das ist einfach wunderbar. Ich glaube, das reicht erst mal für uns beide. Den Nachtisch holen wir uns später. Heinrich, ich hab' aber auch eine Weihnachtsüberraschung für dich.“
„Da bin ich aber gespannt, Berta.“
„Heinrich, ich singe dir ein Lied vor.“
„Ein Lied? Du kannst singen, Berta?“
„Ja, Heinrich, ich habe es ebenfalls von meiner Mutter gelernt, die früher, als sie noch keinen Mann hatte, als Kirchenmaus lebte und immer gerne dem Gesang der Menschen lauschte.“

„Berta, das ist ja toll. Und was singst du mir vor?“
„Heinrich, ich singe ein Lied vor, das ich mir selbst ausgedacht habe. Das Lied von der Knuspermaus.“

Liebevoll kuschelte sich der Mäusemann an
seine Mäusefrau und lauschte den hellen Tönen.
„Wie schön Berta doch singen kann“,
dachte er und war ganz entzückt.

Es war mal eine Knisper,
es war mal eine Knusper,
es war mal eine Knisperknuspermaus.
Die wohnte im Tornister,
von Manuel, dem Schuster,
in einem schönen Haus.

Und außer dieser Knisper
und außer dieser Knusper
und außer dieser Knisperknuspermaus,
da lebte noch die Sister
von Manuel, dem Schuster,
in diesem schönen Haus.

Doch einmal schaut’ die Sister
hinein in den Tornister,
entdeckt die kleine Knisperknuspermaus.
Drauf rannte dann die Sister
von Manuel, dem Schuster,
laut kreischend aus dem Haus.

Da freute sich die Knisper,
da freute sich die Knusper,
da freute sich die Knisperknuspermaus.
Sie sprang aus dem Tornister,
von Manuel, dem Schuster,
und tanzte in dem Haus.

Während die Mäusedame ihrem Mäusemann das Lied vortrug, fielen dem überanstrengten Heinrich die Augen zu. Auch Bertas Stimme wurde immer leiser, bis sie verstummte und auch Berta in einen tiefen Schlaf fiel, in dem sie vom frierenden Augustus, von ihrem Bruder Bruno mit der Riesenmaus und von vielen Söhnchen, die alle in einer Krippe lagen, träumte.

EPILOG

„Heinrich?“
„Ja, mein Schatz?“
„Würdest du mir eine Bitte erfüllen?“
„Wenn du so fragst, muss es ja etwas Besonderes sein.“
„Ist es auch, Heinrich. Etwas, das mich schon besonders lange stört. Sieh dir doch mal die Tapete hier an. Die klafft seit dem letzten Frühjahr. Und dann der Spalt dahinter. Kannst du das nicht mal in Ordnung bringen?“

Gespannt lauschten Heinrich und seine Berta mit ihren fünf Kindern Zipie, Butzi, Winnie, Schnucki und Heinrich junior den Worten ihrer Vermieter.

„Ja, geht in Ordnung. Werde ich nächste Woche mal angehen“, antwortete der Hausherr.
„Nächste Woche, nächste Woche! Ich höre immer nur nächste Woche! Das wird doch wieder nichts, Heinrich. Warum machst du das nicht gleich? Das kann doch nicht so schwierig sein. Ich habe Angst, dass hier Mäuse reinkommen“, beharrte seine Frau.
Herr Shultz seufzte und brummelte etwas vor sich hin, was die Mäuse nicht verstehen konnten. Ging dann aber in den Keller und kam kurze Zeit später

mit einer Auswahl an Werkzeugen und Materialien wieder nach oben.

„Jetzt wirds gefährlich, Kinder“, stellte aufgeregt die Mäusemutter fest.
„Warum wird es gefährlich?“, wollte Zipie wissen.
„Na, überlegt mal“, sagte Berta und man merkte das leichte Zittern in ihrer Stimme.
Die Mäusekinder guckten ihre Mutter mit großen Kulleraugen an, wussten aber keine Antwort.
„Der Shultz macht unseren Eingang zum Wohnzimmer zu. Da hat eure Mutter Angst, weil wir dann nur noch einen Ausgang haben – den zum Schuppen“, erklärte der Mäusevater.
„Und wenn vor dem eine Katze sitzt“, klagte Berta, „sind wir verloren. So wie euer Urgroßvater Josef.“
„Aber Berta, mach doch den Kindern keine Angst. Hier gibt es keine Katzen“, versuchte Heinrich seine Frau zu beruhigen.
„Noch nicht, Heinrich. Aber vielleicht verirrt sich eine Nachbarskatze in den Schuppen oder der Menschenheinrich macht dieses Loch auch noch zu.
Dann sitzen wir in der Falle.“
„Der Menschenheinrich das Loch zu? Dass ich nicht lache! Niemals! So wie das aussieht, ist es schon Jahre drin und wurde nicht zugemacht.

Warum also gerade jetzt?“, versuchte Heinrich die Argumente seiner Frau zu entkräften.

„*Heinrich*“, rief in diesem Augenblick Frau Shultz ihrem hämmernden Mann aus der Küche zu, „*wenn du schon dabei bist, dann verschließ doch bitte auch den Mauerdurchbruch zum Schuppen. Der ist auch schon seit Jahren offen.*“

„Raus Kinder! Schnell raus!“, befahl der Mäusevater. Damit hatte er nicht gerechnet.
„Und wohin dann?“, wollte Berta wissen.
„Etwa zurück zu Anton Lattemann?“
„Erst mal raus!“, wiederholte Heinrich.
„Dann sehen wir weiter.“
Doch jetzt meldete sich Heinrich junior zu Wort: „Mama, Papa, wartet mal. Schnucki und ich sind gestern zwischen den Latten rumgekraxelt und da hat Schnucki da ganz hinten einen kleinen Spalt entdeckt.“
„Ich hab euch doch gesagt, dass ihr nicht in unerforschte Ecken gehen sollt“, rügte Heinrich seine beiden Söhne. „Das kann sehr gefährlich sein.“ Dabei dachte er an die vermeintliche Füttermaschine, die Anton ihnen hingestellt hatte.
„Lass doch die Jungens mal ausreden“, tadelte Berta ihren Ehemann. „Los Kinder, weiter.“

„Na ja“, fuhr Heinrich junior fort, „da ist der Schnucki reingekrochen – und ich hinterher. Und dann waren wir zwischen zwei Mauern. Die eine hatte mehrere Schlitze, durch die man leicht durchkommt.“

„Auch der Papa?“, wollte Zipie wissen.

„Aber klar doch“, antwortete Heinrich junior.

„Und wohin führen die?“, fragte interessiert der Mäusevater.

„Die führen alle nach draußen“, erklärte Schnucki.

„Passen durch die Schlitze auch Katzen?“, wollte Butzi wissen.

„Natürlich nicht“, antwortete Heinrich junior etwas herablassend.

„Aber dann haben wir ja die sicherste Wohnung der Welt. Mit ganz vielen Ausgängen“, jubilierte Mäusemutter Berta.

„Ja, Berta, und deshalb bleiben wir!“, entschied Heinrich.

„Doch sag mal, Heinrich, wieso haben wir die Schlitze nicht gesehen, als wir nach einem Eingang zu diesem Haus gesucht haben?“

„Ich kann mir das nur mit dem Schnee erklären, Berta.“

„Und noch was, Heinrich.“

„Ja, Berta?"
„Wir haben jetzt keinen Zugang mehr zu unserer Speisekammer, der Wohnung vom Shultz."
„Weißt du, Berta, fürs Erste können wir uns unseren Proviant aus dem Schuppen holen. Und dann haben wir ja zwei mutige Entdecker in der Familie. Die werden bestimmt noch einen Zugang zu unserer Speisekammer finden. So, und nun will ich mir die Entdeckung unserer Jungs mal ansehen."

Ende

MÄUSEWEISHEITEN

Menschen machen immer alles so kompliziert.

Heinrich, Hausmaus

Menschen mögen Mäuse nicht.

Heinrichs Mutter (†), Schul- und Hausmaus

Eine Hausmaus gibt niemals auf.

Heinrichs Mutter (†), Schul- und Hausmaus

Wo der Kopf durchpasst,
passt die ganze Maus durch.

Heinrichs Onkel Edwin, verschollen

Ein kleiner Sprung für eine Hausmaus,
aber ein großer für unsere Zukunft.

Heinrich, Hausmaus

Vorfreude verleiht Flügel.

Heinrich, Hausmaus

In jedes Häuschen ein Mäuschen.

Bertas Cousin Guido, Möchtegernpolitiker

Nur eine dumme Hausmaus läuft einfach weg.

Heinrich, Hausmaus

Auch kleine Katzen werden einmal groß.

Berta, Hausmaus

Günter Beier

wurde 1949 in Salzgitter geboren. Nach seinem Studium arbeitete er als Konstruktionsleiter bei einem namhaften Schienenfahrzeughersteller in Salzgitter. Er ist vierfacher Vater und inzwischen auch mehrfacher Großvater.
Dies brachte es mit sich, dass Geschichten ausdenken und erzählen zu seiner Berufung wurde. Jetzt, im Ruhestand lebend, gibt er seine Werke in Buchform heraus.

Dabei wird er vom Lektorat SprungChance (Bremen) betreut. Die Buchgestaltung lässt er von Bruhndesign (Braunschweig) durchführen.

Günter Beier im Grüner August Verlag:

- Der Weihnachtsmann
  und seine kleine weiße Wolke
- Neues vom Weihnachtsmann
  und seiner kleinen weißen Wolke
- Klein Jumbos große Reise
- Die Abenteuer des Lämmchens Mäh
- ... und sie fürchteten sich sehr

Ich danke ...

... meiner lieben Frau, die mit ihrem Erstlektorat und ihrer konstruktiven Kritik maßgeblich die Qualität dieses Buches mitbestimmt hat.

... all denen, die ebenfalls zum Gelingen dieses Buches beigetragen haben.

Günter Beier